UGOLIN

DANS LA TOUR DE LA FAIM,

OU

LE MARTYRE DE L'AMOUR PATERNEL,

(DE 1268 A 1288)

PAR M. A. COMBES.

PETIT POÈME.

TOURS,

IMPRIMERIE DE PLACÉ,

—

1853.

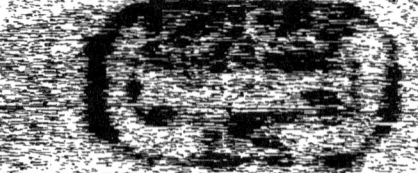

UGOLIN

DANS LA TOUR DE LA FAIM.

Matière.

Vous peindrez le désespoir d'Ugolin au moment où il se trouve seul dans son cachot.

Il ignore encore que son fils partage son sort, mais bientôt il l'aperçoit goûtant à ses pieds les douceurs d'un sommeil paisible; cette vue redouble encore la douleur du malheureux père. Pendant que les deux victimes de la tyrannie se consolent mutuellement, Roger, leur ennemi, pénêtre lui-même dans le cachot d'Ugolin.

Ugolin essaiera de le fléchir en lui représentant son innocence, celle de son fils, l'âge encore tendre de cet infortuné.

Mais Roger ne lui répond qu'en le faisant charger de chaînes ; c'est alors qu'Ugolin, s'abandonnant à toute la violence de son désespoir, menacera son tyran de la vengeance céleste et de la haine de la postérité.

Roger se retire froidement, et fait murer la porte du cachot. Ugolin voit son fils périr de faim à ses yeux, et meurt lui-même en embrassant les froides dépouilles d'Adhémar.

NARRATION.

—

« Dieu, où suis-je ? les ténèbres de la mort m'en-
» vironnent de toutes parts ! tout est plongé dans un
» morne silence. Ah ! traître, tu as profité de mon
» sommeil ; tu m'as arraché du milieu de mon pa-
» lais ; ta vengeance est satisfaite ; il ne me reste
» plus qu'une rage impuissante. Mais, quoi ! la honte
» d'une aussi noire perfidie n'a pu te retenir ! Ah ! le
» ciel, le juste ciel ne la laissera pas impunie. Un
» jour, sans doute, il vengera l'innocence opprimée.
» Mais, plaintes inutiles ! je suis seul, seul au monde.
» C'en est fait, une barrière immense me sépare du
» reste des hommes, et c'est ici que doivent finir les
» tourments de ma vie. Une lampe sépulcrale qui
» perce à peine l'épaisseur des ténèbres, augmente
» encore l'horreur de cette affreuse nuit : puissent
» mes jours finir avec elle ! Ah ! du moins, j'emporte
» en mourant l'espoir qu'un jour mon fils punira
» l'assassin de son père ! »

Ainsi parlait le malheureux Ugolin. Victime de la

perfidie de Roger, il avait été enlevé au milieu de la nuit par les ordres du tyran, et jeté dans un noir cachot pour y périr de faim. La pensée de son fils était une consolation pour le prince captif : mais, hélas ! une cruelle épreuve attendait ce père infortuné. Il se croyait seul dans sa prison : quelle fut sa douleur, lorsqu'il aperçut son fils encore plongé dans les douceurs du sommeil ! « Ciel ! s'écrie-t-il, ne vois-je pas » mon cher Adhémar ! je frissonne ! Roger, tu me » réservais ce dernier coup ; je reconnais là les » froids calculs de ton âme impitoyable. Ah ! pour- » quoi suis-je père ? Oui, c'est mon fils, mon cher » Adhémar ! l'infortuné dort encore ! son visage est » calme : un songe riant flatte agréablement son » imagination ; sans doute il rêve le bonheur : puisse- » t-il dormir d'un sommeil éternel ! Mais déjà il s'é- » veille, il soulève sa tête. Que lui dirai-je ?.... Il me » parle..... » — Mon père, n'est-il point jour encore ? reverrons-nous bientôt la lumière ? — Cher Adhémar, elle nous est ravie pour toujours. — Où sommes-nous ? Le tyran de Pise nous a-t-il arrachés de notre palais ? Ne dois-je plus revoir ces lieux chers à mon enfance ? — Hélas ! — Quoi ! mon père, tu soupires ! notre ennemi n'est pas si barbare, puisqu'il ne m'a pas séparé de mon père. Que peut-il me manquer quand je suis dans tes bras ? — Infortuné, tu ignores..... ; mais écoutons, un bruit sourd vient frapper mon oreille, la porte du cachot a roulé sur ses gonds :

peut-être la compassion de nos geôliers apporte-
t-elle quelque nourriture à nos corps épuisés.... Fa-
tale erreur! je le vois, c'est lui; c'est mon bourreau
qui vient contempler ses victimes. Dieu, soutiens
mon courage; j'essaierai de le fléchir : j'humilierai
mon orgueil devant ce fier ennemi. Ah! mon fils,
sans toi, je n'aurais pas le courage de descendre jusqu'à la prière.

Bientôt Roger paraît suivi d'une nombreuse escorte; il veut présider aux apprêts du supplice, et
contempler encore une fois son ennemi abattu. Ugolin se précipite à ses pieds.

« Oui, s'écrie-t-il, je suis coupable; j'ai mérité la
» mort. Frappe, voilà mon sein; mais pourquoi
» prolonger mon tourment? pourquoi me faire subir
» mille morts au lieu d'une? et cet enfant, quel crime
» a-t-il commis? dois-tu le punir des autes de son
» père? ma vie ne te suffit-elle pas? sa jeunesse,
» son innocence que jamais n'ont souillées les cruel-
» les vengeances des factions, méritent ta compas-
» sion. Je pourrais invoquer les lois; elles protégent
» la faiblesse, mais c'est ton cœur seul que je veux
» implorer, c'est à ta pitié que je veux devoir mon
» pardon..... Tu gardes le silence. Mes prières ne
» sauraient te toucher. C'en est fait; j'aurai en vain
» embrassé tes genoux... O mon fils! je recueillerai
» donc ton dernier soupir!..... Ciel! les barbares
» nous chargent de chaînes. Ah! cruel, tu recevras

» bientôt la juste punition de ton crime. Un Dieu
» veille sur nous, sa vengeance t'attend, l'équitable
» avenir associera ton nom à ceux des Néron et des
» Tibère.. .. Mais déjà il n'entend plus mes cris, le
» barbare s'est éloigné?..... Voilà donc désormais
» notre tombeau. O mon fils, mon cher enfant! Ciel!
» il pâlit; ses yeux se ferment. Mon fils, entends
» ma voix! il ne me répond pas. — Cher Adhémar,
» prends pitié de ton père, ou je meurs. Réponds,
» réponds, je t'en supplie. — Hélas! mon fils n'est
» plus! et je vis! Barbare Roger, voilà ton ouvrage;
» tu dois être content, j'ai vu expirer mon fils. »

A ces mots, l'infortuné se jette sur le corps ina-
nimé d'Adhémar, l'arrose de ses larmes paternelles,
et bientôt le désespoir suspendant en quelque sorte
toutes ses facultés intellectuelles, il se laisse tomber
auprès de ces froides dépouilles. Peu à peu ses for-
ces s'affaiblissent, ses yeux se troublent, un sommeil
léthargique s'empare de lui, et la mort termine enfin
ses longues souffrances.

N. B. Cette narration est de M. Em. Lefranc.

golin

DANS LA TOUR DE LA FAIM,

ou

LE MARTYRE DE L'AMOUR PATERNEL.

—

(De 1268 à 1288.)

—

Pise vit autrefois deux illustres rivaux.
L'un, né pour son bonheur, fut l'auteur de ses maux;
D'orgueil et de bassesse, assemblage bizarre,
Prodigue par calcul, et cependant avare;
Habile général, seigneur ambitieux,
Faible dans les dangers, souvent audacieux,
Ugolin eut pourtant la tendresse d'un père.

De pontife exerçant l'auguste ministère,
L'autre, vieillard despote, implacable ennemi,
Des Gibelins pisans protégeait le parti.
De son père héritant l'ame ardente et hautaine,
Pour les Guelfes Roger consulta trop sa haine.

Et Pise, dans ses murs, en butte aux factions,
Cessa de commander aux autres nations.
Pise, cité superbe, à qui chaque navire,
Alors que, sur les mers, dominait son empire,
Ranimant dans son sein un commerce brillant,
Apportait pour tributs les produits d'Orient.

Aux cris de la pitié quand l'âme est inflexible,
Dans les mains d'un tyran la vengeance est terrible.
C'est un tigre aux aguets, tigre dont la fureur
Sait pour mieux s'assouvir modérer son ardeur.
Ainsi, dans les accès d'une insolente joie,
Ugolin de Roger devint la triste proie.
Au comble de ses vœux, au faîte des honneurs,
Le comte était épris de l'éclat des grandeurs ;
Il en goûtait déjà le charme et les délices,
Chèrement achetés par tant de sacrifices ;
Quand un jour, et d'orgueil et de gloire enivré,
Au milieu d'un festin, à grands frais préparé,
Que peut-il, mes amis, manquer à ma fortune ?
— Rien, répondit l'un d'eux, qui lui gardait rancune,
Rien ; si ce n'est bientôt le céleste courroux !...
— Trop heureux, s'il eût pu, d'en prévenir les coups !

Mais, quand le ciel vengeur tarde à punir le crime,
Il ne prend que le temps de parer sa victime.

Dans une obscure nuit, au fond de son palais,
Ugolin du sommeil savourait les bienfaits ;
Du bonheur de son fils constamment occupée,
Par des songes flatteurs, son âme était bercée.
Il se croyait déjà..... Mais les cruels destins,
Sans qu'il pût s'en douter, déjouaient ses desseins.
Car, dans l'ombre, Roger s'agite et se tourmente,
D'un neveu massacré la mort toute récente
Aux forfaits d'Ugolin vient encore ajouter.
Il jure, par sa mort, bientôt de se venger.
Sans égard pour son rang, au milieu des ténèbres,
A la pâle clarté de deux torches funèbres,
Il assemble, à la hâte, et gardes et soldats ;
Mais il craint que le bruit ne trahisse leurs pas.
Dans Pise, en ce moment, règne un profond silence,
Chacun en se pressant vers le palais s'avance.....
Les murs escaladés, tout obstacle est franchi...
Ugolin est trouvé dans sa chambre endormi...
Ce sommeil si profond le livre sans défense.
Ton succès, ô Roger ! passe ton espérance !

On saisit aussitôt et le père et le fils,
Sans bruit, on les emporte étendus dans leurs lits.

Déjà brillaient les feux de l'aube et de l'aurore,
Que Pise aux marbres blancs, Pise ignorait encore
De son libérateur l'horrible enlèvement,
Et des bords de l'Arno le mystère effrayant.

Du sinistre cachot ayant scellé la porte,
Roger partit sans bruit, suivi de son escorte ;
Ils étaient déjà loin... Quand soudain s'éveillant,
Et les regards frappés de l'éclat vacillant
Que projette aux parois la lampe sépulcrale,
Ugolin, par ces cris que la douleur exhale :
« Où suis-je ? se dit-il, quoi ! les murs d'un cachot !...
» Quel vampire, ou plutôt de l'enfer quel suppôt
» M'a jeté dans ces lieux pour y finir ma vie ?
» Chassé de mon palais, couvert d'ignominie ;
» Ah ! traître, je le vois, ce sont là de tes coups ;
» A ces traits, l'on connaît le terrible courroux
» De l'infâme Roger !.... Au sein de ces ténèbres,
» La mort, l'affreuse mort, de ses crêpes funèbres

» Déjà m'environnant ici de toutes parts,

» Vient, avec ses horreurs, s'offrir à mes regards!...

» Monstre, né pour l'intrigue et la fourbe et le vice

» Jouis de ton forfait, jouis de l'artifice

» Qui te met à l'abri de mon glaive vengeur ;

» Non... non.... jamais tyran n'atteignit ta noirceur !

» Tu ris dans ton palais de ma rage impuissante ,

» Auprès de tes flatteurs, de ce coup tu te vante ,

» Ainsi que d'un exploit qui doit te faire honneur ;

» O lâche ! le remords devrait ronger ton cœur !

» Tu viens de te couvrir de honte et d'infamie ;

» Ah ! puisse le ciel ! las de tant de perfidie,

» Exauçant l'innocent contre les ravisseurs,

» Sans pitié les frapper de ses foudres vengeurs !...

» J'en conserve, du moins, un reste d'espérance.

» Oui ! Dieu, le juste Dieu sauvera l'innocence. »

Accablé sous le poids d'un malheur trop certain ,

Et la tête appuyée un instant sur sa main,

Il demeure pensif, sans force et sans parole ;

Puis élevant la voix : « Plainte à jamais frivole !

» Dit-il : que puis-je oser ici ? dans ce caveau,

» Enseveli vivant, comme dans un tombeau...

» Séparé de mon fils , je suis seul , seul au monde.

» C'est bien sur lui pourtant, que mon espoir se fonde !

» Mais, que pourra son bras contre tant d'assassins,

» D'un tyran toujours prêts à servir les desseins.

» Dans sa cour, je le sais, il est plus d'un séïde,

» Dont le servile cœur, dont le fer homicide,

» En secret peut trancher la trame de ses jours.

» Oh ! non, le juste ciel, venant à son secours,

» Jetant sur leurs projets un esprit de démence,

» Saura bien lui donner la force et la prudence. »

Il achevait ces mots... c'était trop s'abuser !

Il ne connaissait pas l'astuce de Roger.

Quoique par le chagrin consternée, abattue,

De sentiments divers son âme fût émue,

L'abîme lui cachant toute sa profondeur,

Un rayon d'espérance avait lui dans son cœur.

Il pensait qu'Adhémar, sauvé par un miracle,

Affrontant les dangers, braverait tout obstacle...

Il ignorait encor... D'un père malheureux,

O trop cruelle épreuve ! ô destin rigoureux !

Quand aux reflets mouvants d'une pâle lumière,
Un objet accablant son âme tout entière,
A ses yeux vint offrir tous les traits de son fils !
La foudre des moissons sillonnant les épis,
Dans les airs embrâsés l'éclair est moins rapide
Que le coup qui brisa son courage intrépide.
S'élançant près du lit, sans troubler son sommeil :
« O mon fils !... lui dit-il ; quel sera ton réveil ?
» Quelle sérénité brille sur ton visage !
» De la douce innocence j'admire en toi l'image.
» J'étais loin de connaître, avant ce triste jour,
» Pour mon cher Adhémar quel était mon amour.
» Quand la mort pour toujours me priva de ta mère,
» J'appréciais déjà tous les devoirs d'un père,
» Je mettais mon bonheur à te combler de soins,
» Et mon cœur prévenait tes plus petits besoins.
» Que les temps sont changés ! les destins plus sévères
» M'inspirent aujourd'hui des souhaits tout contraires.
» D'un paisible sommeil, cependant, comme il dort,
» Sans penser à mes maux, sans soupçonner son sort.
» Cher enfant, le bonheur lui sourit dans un rêve...
» Mais il ouvre les yeux... inquiet, il se lève,
» Il cherche... Que dirai-je ?... quand il va me parler ? »
— Où sommes-nous, mon père ? Eh ! faut-il nous lever ?

Tu ne me réponds rien... n'est-il point jour encore ?
Ne devons-nous plus voir les deux feux de l'aurore ?
« Adhémar ! ô mon fils ! crains de m'interroger.
» Je tremble ; je frissonne !... O farouche Roger !
» Tels sont les froids calculs de ton âme féroce,
» Qui d'un fils, redoutant le courage précoce,
» Vient de souiller ton nom du plus noir des forfaits. »
— Nous a-t-il pour toujours arrachés du palais ?
Ne reverrai-je plus les lieux de ma naissance ?...
Jusque-là, d'un tyran irait donc la vengeance ?...
Oh ! non, mon père, non !... ce prélat redouté
Rougirait de montrer autant de cruauté !
Tu détournes les yeux, hélas ! et tu soupires !
Ton cœur est oppressé par l'air que tu respires,
Puis pour me le cacher, tu fais des efforts vains...
Espère donc plutôt des projets plus humains.
Tu pâlis ! ô mon père ! ah ! la crainte t'égare,
Mais Roger, à mes yeux, n'est pas aussi barbare ;
Puisqu'à ton sort cruel il a voulu m'unir,
Jamais il n'eût pu mieux seconder mon désir.
Un fils n'a de bonheur que dans les bras d'un père !
Tous deux nous porterons le poids de la misère ;
Nous bénirons nos fers en les mouillant de pleurs !...

« Ta confiance aveugle ajoute à mes douleurs ;

» Tu connais peu l'intrigue, et ta jeunesse ignore

» Quels maux et quels tourments on nous réserve

[encore ?

» Ils sont affreux, mon fils !.. j'en prévois la grandeur,

» De l'abîme où je suis, je sens la profondeur.

» O Dieu ! sauve Adhémar ! exauce ma prière !

» A mes derniers instants, à mon heure dernière,

» Que j'emporte du moins... mais un bruit... écou-

[tons...

» La porte du cachot a roulé sur ses gonds...

» Courage ! un faible espoir dans mon cœur se réveille,

» Le son de quelques voix vient frapper mon oreille...

» On descend, c'est peut-être un geôlier que j'entends.

» Ah ! s'il nous apportait du pain, des aliments ;

» Car, sous un lin grossier, quelquefois la nature

» Se plaît à revêtir une âme humaine et pure.

» Jamais, jusqu'à ce jour, il n'avait oublié

» De nous en apporter par devoir ou pitié.

» Nos corps sont épuisés... et le besoin nous presse...

» Quoi ! c'est Roger ! erreur et cruelle et traîtresse !

» Oui ! c'est lui, je l'entends... Voilà notre bourreau ;

» Que n'a-t-il apporté la hache ou le couteau ?

» Il vient d'un air heureux contempler sa victime...

» Mon Dieu ! soutiens-moi donc !... fortifie et ranime

» Un père défaillant, de remords agité,

» Qui craint de s'abaisser dans sa noble fierté !

» Il faut que devant lui, pourtant, je m'humilie !

» A ce prix, Adhémar, j'achèterai ta vie !...

» Tes jours me sont trop chers ! qui pourrait m'arrêter ;

» Il faut sauver mon fils !... » — L'on voit avec Roger

S'avancer lentement un hideux satellite...

A son air satisfait, il semble qu'il médite

D'employer ses loisirs à repaître ses yeux

Du doux plaisir de voir souffrir un malheureux

Pour un tyran jaloux, les apprêts d'un supplice,

Offrent par leur lenteur toujours quelque délice.

Roger sourit... — Soudain, à ses pieds se jetant,

Ugolin, malgré lui, prend un air suppliant.

« J'ai mérité la mort ! oui ! oui ! je suis coupable !

» A tes yeux, reprit-il, je suis inexcusable !

» Pour moi, je n'irais pas implorer de pardon.

» La feinte ne sied pas aux princes de mon nom.

» Frappe, frappe mon sein, assouvis ta colère ;

» Sois plus juste que moi, ne punis que le père,

» Et fais tomber sur lui la fureur de tes coups !...

» Mais épargne mon fils, apaise ton courroux ;

» Pourquoi tant prolonger les tourments que j'endure,

» A petit feu, pourquoi ta vengeance torture,

» Pour les maux que j'ai faits, dont il est innocent,

» Un fils que je chéris, le dernier de mon sang.

» Mes remords, ses douleurs sont un cruel martyre;

» Je souffre mille morts... une devrait suffire!

» La haine des partis, l'esprit des factions

» N'ont jamais excité chez lui les passions.

» Pardonne-lui, Roger! Pardonne à sa jeunesse,

» Tout t'invite au pardon, tout jusqu'à sa faiblesse?...

» Que peux-tu redouter au faîte des honneurs!

» Ah! le pardon, Roger! est l'arme des grands cœurs! «

Il ne m'écoute pas... son âme est insensible,

Son air est méprisant et son regard terrible

» Quoi! ne pourrais-je pas, si tu connais nos lois,

» Invoquer leur appui!... Je ne veux toutefois

» M'adresser qu'à ton cœur, implorer ta clémence,

» Ah! laisse-toi fléchir! tu gardes le silence!...

» C'en est fait, ô mon fils!... ton âge, ni mes pleurs

» Ne sauraient l'émouvoir! Il rit de nos douleurs!...

» Je me suis abaissé jusqu'à l'humble prière ;

» Malgré moi, j'ai foulé de mon front la poussière ;

» Vieillard infortuné! j'ai pressé ses genoux ;

» Mon désespoir n'a fait qu'irriter son courroux !

» Ciel ! il est loin de nous ! il ne peut plus m'entendre !

» Je n'ai plus qu'à pleurer et mourir sur ta cendre.

» Adhémar, ô mon fils ! tu gémis, calme-toi ;

» Dieu ! répands sur nos maux le baume de la foi !

» Tu vois nos cœurs en proie aux plus cuisantes peines.

» Et vous, bourreaux cruels, qui nous chargez de
[chaînes ;

» Pour mieux exécuter ses ordres inhumains,

» Hâtez-vous ! Dans mon sang , trempez plutôt vos
[mains !

» Esclaves d'un tyran, vous servez bien ses crimes !

» O tigre impitoyable !... Il te faut deux victimes !...

» Mais il est dans le ciel un Dieu juste et vengeur,

» Qui saura distinguer le faible et l'oppresseur.

» Bientôt tu recevras, j'en ai la confiance,

» De ta férocité la juste récompense.

» Au centuple il paiera nos soupirs qu'il entend.

» Oui! Dieu veille sur nous ! sa vengeance t'attend...

» L'équitable avenir, sans être trop sévère,

» Pourra joindre ton nom aux Néron, aux Tibère.

» O monstre ! que l'enfer... » Mais il s'est éloigné!...
La porte du cachot sur ses gonds a tourné.

O poignantes douleurs! ô cruelles alarmes!

« Dé tes yeux affaiblis je vois couler des larmes...

» O mon fils! oui! j'entends tes soupirs, tes sanglots.

» Mais Dieu peut apporter un remède à nos maux.»

Pourtant j'ai perdu, moi, l'espoir que je lui donne,

La foi qui m'animait, je le crains, m'abandonne;

Coupable, je subis un tourment mérité;

Mais mon fils innocent, lui que j'ai tant aimé,

Conserve-le, Seigneur! à mes vœux sois propice;

N'exige pas d'un père un si grand sacrifice!

Grand Dieu! que je m'abuse! «Adhémar, ô mon fils!

» Tu te penches sur moi, tu trembles, tu pâlis. »

Son pouls est moins fréquent, plus rare est son
[haleine;

Ses membres sont glacés, il respire avec peine,

Sa paupière se ferme; il n'entend plus ma voix...

« O mon fils! parle-moi, pour la dernière fois!...

» Oui! réponds, ou je meurs! réponds, je t'en supplie!

Mais son cœur ne bat plus!... tout son corps est sans
[vie!...

Il m'était réservé de t'observer mourir!...

Et moi, je vis encor, mais je vis pour souffrir!

Puis, sur lui se jetant, il l'embrasse, il le presse...
« Ta joie est à son comble et ton cœur dans l'ivresse.
» Oui! tu nous destinais, dit-il, cruel bourreau!
» La tour des Gualandi pour éternel tombeau! »

— Trop novice dans l'art d'inventer et de feindre,
Non! je n'essaierai pas dans ces vers de vous peindre
Ce que dût Ugolin éprouver de terreurs.
La douleur n'admet pas de si faibles couleurs.
Et pour vous en tracer un portrait plus fidèle,
Il faudrait le génie et le pinceau d'Apelle.
Je ne vous peindrai point, l'un sur l'autre expirant,
Les bras entrelacés, le père avec l'enfant.
Ce sont de ces tableaux qu'on ne saurait décrire.
Du Dante il me faudrait le talent pour vous dire
Les maux qu'ils ont soufferts tous deux durant cinq
[jours,
Luttant contre la mort, et privés de secours.
Jugez de leur souffrance, en cette horrible lutte,
Chaque jour, chaque nuit, même chaque minute,
Des ardeurs de la soif, des horreurs de la faim,
Pour contraindre le père à se manger la main.

L'Arno seul entendit, sur ses fatales rives,
Les cris désespérés de ces deux voix plaintives;

Mais, sur ses bords déserts, répétant leurs sanglots,
Il ne fut entendu que par les vains échos.
Je crois voir ce vieillard, presque mourant lui-même,
De son fils contempler le front livide et blême,
Incliné sur son sein, tel que ces tendres fleurs,
Qui brillant, le matin, des plus vives couleurs,
Exhalent leurs parfums dans les vertes prairies,
Mais, qui le soir, tombant sur leurs tiges flétries,
Reçoivent vainement les baisers du zéphyr ;
Un jour les voit éclore et briller et mourir.
Avant qu'à ses parents la mort ne le ravisse,
Tel était à leurs yeux le jeune fils d'Ulysse.

Il a vu sur ses traits l'empreinte de la mort.
Ranimant ses esprits, par un dernier effort,
Il arrose Adhémar de ses larmes brûlantes,
Et lui serre la main dans ses mains défaillantes.
Le désespoir alors s'empare de son cœur,
Il s'affaisse, en perdant un reste de chaleur,
Et succombe aux tourments de cet affreux martyre;
Puis, achevant ces mots, ô mon fils!... il expire!...

Imprimerie de Placé, à Tours.